舞踏会

芥川龍之介 + Sakizo

初出：「新潮」１９２０年１月

芥川龍之介

明治25年（1892年）生まれ。東大英文科卒。大学在学中に菊池寛らと第三次『新思潮』を創刊、第四次『新思潮』に「鼻」を発表し夏目漱石にその才能を認められる。代表作に「羅生門」、「蜘蛛の糸」など。死後、菊池寛により芥川賞が設けられた。「乙女の本棚」シリーズでは本作のほかに、『藪の中』（芥川龍之介＋おく）、『蜜柑』（芥川龍之介＋げみ）、『春の心臓』（イェイツ（芥川龍之介訳）＋ホノジロトヲジ）がある。

Sakizo

イラストレーター・水彩画家。岡山県倉敷市在住。幻想的かつロマンティックな作風で、フリルやレースなどの装飾をあしらったドレスのデザインが海外からも注目を集める。著書に『精霊大陸と刻印の魔女』、『Girl meets Sweets』、『PRINCESS FANTASY』がある。

一

明治十九年十一月三日の夜であった。当時十七歳だった――家《け》の令嬢明子《あきこ》は、頭の禿《は》げた父親といっしょに、今夜の舞踏会が催《もよお》さるべき鹿鳴館《ろくめいかん》の階段を上って行った。明るい瓦斯《ガス》の光に照らされた、幅の広い階段の両側には、ほとんど人工に近い大輪の菊の花が、三重の籬《まがき》を造っていた。菊はいちばん奥のがうす紅《べに》、中ほどのが濃い黄色、いちばん前のがまっ白な花びらを流蘇《ふさ》のごとく乱しているのであった。そうしてその菊の籬の尽きるあたり、階段の上の舞踏室からは、もう陽気な管絃楽《かんげんがく》の音が、抑《おさ》え難い幸福の吐息《といき》のように、休みなく溢《あふ》れて来るのであった。

明子は夙《つと》にフランス語と舞踏との教育を受けていた。が、正式の舞踏会に臨むのは、今夜がまだ生まれて始めてであった。だから彼女は馬車の中でも、おりおり話しかける父親に、上《うわ》の空の返事ばかり与えていた。それほど彼女の胸の中には、愉《ゆ》快《かい》なる不安とでも形容すべき、一種の落ち着かない心もちが根を張っていたのであった。彼女は馬車が鹿鳴館の前に止まるまで、何度いら立たしい眼をあげて、窓の外に流れて行く東京の町の乏《とぼ》しい燈火《ともしび》を、見つめたことだかしれなかった。

が、鹿鳴館の中へはいると、間もなく彼女はその不安を忘れるような事件に遭遇した。というのは階段のちょうど中ほどまで来かかった時、二人は一足先に上って行く支那《シナ》の大官に追いついた。すると大官は肥満した体を開いて、二人を先へ通らせながら、あきれたような視線を明子へ投げた。ういういしい薔薇《ばら》色《いろ》の舞踏服、品よく頸《くび》へかけた水色のリボン、それから濃い髪に匂っているたった一輪の薔薇の花――実際その夜の明子の姿は、この長い辮《べん》髪《ぱつ》を垂れた支那の大官の眼を驚かすべく、開化の日本の少女の美を遺憾《いかん》なくそなえていたのであった。と思うとまた階段を急ぎ足に下りて来た、若い燕尾服の日本人も、途中で二人にすれ違いながら、反射的にちょいと振り返って、やはりあきれたような一瞥《いちべつ》を明子の後ろ姿に浴びせかけた。それからなぜか思いついたように、白いネクタイへ手をやって見て、また菊の中を忙《せ》わしく玄関の方へ下りて行った。

二人が階段を上り切ると、二階の舞踏室の入口には、半白の頬《ほお》鬚《ひげ》を蓄えた主人役の伯爵が、胸間に幾《いく》つかの勲章《くんしょう》を帯びて、ルイ十五世式の装いを凝《こ》らした年上の伯爵夫人といっしょに、大様《おおよう》に客を迎えていた。明子はこの伯爵でさえ、彼女の姿を見た時には、その老獪《ろうかい》らしい顔のどこかに、一瞬無邪気な驚嘆の色が去来したのを見のがさなかった。人のいい明子の父親は、嬉しそうな微笑を浮かべながら、伯爵とその夫人とへ手短《てみじか》に娘を紹介した。彼女は羞恥《しゅうち》と得意とをかわるがわる味わった。が、その暇《ひま》にも権高《けんだか》な伯爵夫人の顔だちに、一点下品な気があるのを感づくだけの余裕があった。

舞踏室の中にも至る所に、菊の花が美しく咲き乱れていた。そうしてまた至る所に、相手を待っているレエスや花や象牙《ぞうげ》の扇《おうぎ》が、さわやかな香水の匂いの中に、音のない波のごとく動いていた。明子はすぐに父親と分かれて、その綺羅《きら》びやかな婦人たちのある一団といっしょになった。それは皆同じような水色や薔薇色の舞踏服を着た、同年輩《どうねんぱい》らしい少女であった。彼らは彼女を迎えると、小鳥のようにさざめき立って、口々に今夜の彼女の姿が美しいことを褒め立てたりした。

が、彼女がその仲間へはいるやいなや、見知らないフランスの海軍将校が、どこからか静かに歩み寄った。そうして両腕を垂れたまま、ていねいに日本風の会釈《えしゃく》をした。明子はかすかながら血の色が、頬に上って来るのを意識した。しかしその会釈が何を意味するかは、問うまでもなく明らかだった。だから彼女は手にしていた扇を預かってもらうべく、隣に立っている水色の舞踏服の令嬢をふり返った。と同時に意外にも、そのフランスの海軍将校は、ちらりと頬に微笑の影を浮かべながら、異様なアクサンを帯びた日本語で、はっきりと彼女にこう言った。

「いっしょに踊っては下さいませんか」

間もなく明子は、そのフランスの海軍将校と、「美しく青きダニウブ」のヴァルスを踊っていた。相手の将校は、頬の日に焼けた、眼鼻立ちの鮮《あざ》やかな、濃い口《くち》髭《ひげ》のある男であった。彼女はその相手の軍服の左の肩に、長い手袋を嵌《は》めた手を預くべく、あまりに背が低かった。が、場《ば》馴《な》れている海軍将校は、巧《たく》みに彼女をあしらって、軽々と群集の中を舞い歩いた。そうして時々彼女の耳に、愛想のいいフランス語のお世辞さえもささやいた。

彼女はその優しい言葉に、恥《は》ずかしそうな微笑を酬《むく》いながら、時々彼らが踊っている舞踏室の周囲へ眼を投げた。皇室のご紋章を染め抜いた紫縮緬《むらさきちりめん》の幔幕《まんまく》や、爪を張った蒼竜《そうりゅう》が身をうねらせている支那の国旗の下には、花瓶《かびん》花瓶の菊の花が、あるいは軽快な銀色を、あるいは陰鬱《いんうつ》な金色を、人波の間にちらつかせていた。しかもその人波は、三鞭酒《シャンパアニュ》のように湧き立ってくる、花々しいドイツ管絃楽の旋律の風にあおられて、しばらくも目まぐるしい動揺をやめなかった。明子はやはり踊っている友達の一人と眼を合わすと、互いに愉快そうなうなずきを忙《せわ》しい中に送り合った。が、その瞬間には、もう違った踊り手が、まるで大きな蛾《が》が狂うように、どこからかそこへ現れていた。

しかし明子はその間にも、相手のフランスの海軍将校の眼が、彼女の一挙一動に注意しているのを知っていた。それは全くこの日本に慣れない外国人が、いかに彼女の快活な舞踏ぶりに、興味があったかを語るものであった。こんな美しい令嬢も、やはり紙と竹との家の中に、人形のごとく住んでいるのであろうか。

そうして細い金属の箸《はし》で、青い花の描いてある手のひらほどの茶《ちゃ》碗《わん》から、米粒を挟んで食べているのであろうか。――彼の眼の中にはこういう疑問が、何度も人《ひと》懐《なつ》かしい微笑と共に往来するようであった。明子にはそれがおかしくもあれば、同時にまた誇らしくもあった。だから彼女の華《きゃ》奢《しゃ》な薔薇色の踊り靴は、物珍しそうな相手の視線がおりおり足もとへ落ちるたびに、一層身軽く滑《なめ》らかな床の上をすべって行くのであった。

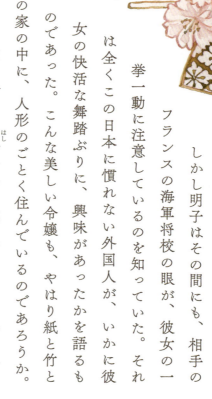

が、やがて相手の将校は、この児猫《こねこ》のような令嬢の疲れたらしいのに気がついたと見えて、いたわるように顔を覗《のぞ》きこみながら、

「もっと続けて踊りましょうか」

「ノン・メルシイ」

明子は息をはずませながら、今度ははっきりとこう答えた。

するとそのフランスの海軍将校は、まだヴァルスの歩みを続けながら、前後左右に動いているレエスや花の波を縫《ぬ》って、壁ぎわの花瓶《かびん》の菊の方へ、悠々と彼女を連れて行った。そうして最後の一廻転《いっかいてん》の後、そこにあった椅子の上へ、鮮《あざ》やかに彼女を掛けさせると、自分はいったん軍服の胸を張って、それからまた前のようにうやうやしく日本風の会釈《えしゃく》をした。

その後またポルカやマズュルカを踊ってから、明子はこのフランスの海軍将校と腕を組んで、白と黄とうす紅と三重の菊の籬《まがき》の間を、階下の広い部屋へ下りて行った。

ここには燕尾服や白い肩がしっきりなく去来する中に、銀やガラスの食器類に蔽《おお》われた幾《いく》つかの食卓が、あるいは肉と松露《しょうろ》との山を盛り上げたり、あるいはサンドウィッチとアイスクリイムとの塔をそばだてたり、あるいはまた柘榴《ざくろ》と無花果《いちじゅく》との三角塔を築いたりしていた。ことに菊の花が埋《うず》め残した、部屋の一方の壁上《へきじょう》には、巧みな人工の葡萄蔓《ぶどうつる》が青々とからみついている、美しい金色の格子があった。そうしてその葡萄の葉の間には、蜂の巣のような葡萄の房が、累々《るいるい》と紫に下がっていた。明子はその金色の格子の前に、頭の禿げた彼女の父親が、同年輩の紳士と並んで、葉巻をくわえているのに遇《あ》った。父親は明子の姿を見ると、満足そうにちょいとうなずいたが、それぎり連れの方を向いて、また葉巻をくゆらせ始めた。

フランスの海軍将校は、明子と食卓の一つへ行って、いっしょにアイスクリイムの匙《さじ》を取った。彼女はその間も相手の眼が、おりおり彼女の手や髪や水色のリボンを掛けた頸《くび》へ注がれているのに気がついた。それはもちろん彼女にとって、不快なことでもなんでもなかった。が、ある刹那《せつな》には女らしい疑いもひらめかずにはいられなかった。そこで黒い天鵞絨《びろうど》の胸に赤い椿《つばき》の花をつけた、ドイツ人らしい若い女が二人の傍《そば》を通った時、彼女はこの疑いをほのめかせるために、こういう感歎《かんたん》の言葉を発明した。

「西洋の女の方はほんとうにお美しゅうございますこと」

海軍将校はこの言葉を聞くと、思いのほか真面目に首を振った。

「日本の女の方も美しいです。ことにあなたなぞは――」

「そんなことはございませんわ」

「いえ、お世辞ではありません。そのますぐにパリの舞踏会へも出られます。そうしたら皆が驚くでしょう。ワットオの画《え》の中のお姫様のようですから」

ICE CREAM TOWER

明子はワットオを知らなかった。だから海軍将校の言葉が呼び起こした、美しい過去の幻も――仄暗《ほのぐら》い森の噴水と凋《すが》れて行く薔薇との幻も、一瞬の後には名残りなく消え失せてしまわなければならなかった。が、人一倍感じの鋭い彼女は、アイスクリイムの匙を動かしながら、わずかにもう一つ残っている話題にすがることを忘れなかった。

「私もパリの舞踏会へ参ってみとうございますわ」

「いえ、パリの舞踏会も全くこれと同じことです」

海軍将校はこう言いながら、二人の食卓を繞《めぐ》っている人波と菊の花とを見廻《みまわ》したが、たちまち皮肉な微笑の波が瞳の底に動いたと思うと、アイスクリイムの匙を止めて、

「パリばかりではありません。舞踏会はどこでも同じことです」

と半ば独《ひと》り語《ごと》のようにつけ加えた。

一時間の後、明子とフランスの海軍将校とは、やはり腕を組んだまま、おおぜいの日本人や外国人といっしょに、舞踏室の外にある星月夜の露台《ろだい》に佇んでいた。

欄干《らんかん》一つ隔《へだ》てた露台の向こうには、広い庭園を埋《うず》めた針葉樹が、ひっそりと枝をかわし合って、その梢《こずえ》に点々と鬼灯提燈《ほおづきぢょうちん》の火を透《す》かしていた。しかも冷やかな空気の底には、下の庭園から上って来る苔《こけ》の匂いや落葉の匂いが、かすかに寂しい秋の呼吸を漂わせているようであった。が、すぐ後ろの舞踏室では、やはりレエスや花の波が、十六菊を染め抜いた紫縮緬《むらさきちりめん》の幕の下に、休みない動揺を続けていた。そうしてまた調子の高い管絃楽のつむじ風が、相変わらずその人間の海の上へ、用捨《ようしゃ》もなく鞭《むち》を加えていた。

もちろんこの露台の上からも、絶えずにぎやかな話し声や笑い声が夜気を揺《ゆ》すっていた。まして暗い針葉樹の空に美しい花火が揚がる時には、ほとんど人どよめきにも近い音が、一同の口から洩《も》れたこともあった。その中に交じって立っていた明子も、そこにいた懇《こん》意《い》の令嬢たちとは、さっきから気軽な雑談を交換していた。が、やがて気がついてみると、あのフランスの海軍将校は、明子に腕を借したまま、庭園の上の星月夜へ黙然《もくねん》と眼を注いでいた。彼女にはそれが何となく、郷愁でも感じているように見えた。そこで明子は彼の顔をそっと下から覗きこんで、

「お国のことを思っていらっしゃるのでしょう」と半ば甘えるように尋《たず》ねてみた。

すると海軍将校は相変わらず微笑を含んだ眼で、静かに明子の方へ振り返った。そうして「ノン」と答える代りに、子供のように首を振ってみせた。

「でも何か考えていらっしゃるようでございますわ」

「なんだか当ててご覧なさい」

その時露台に集まっていた人々の間には、また一しきり風のようなざわめく音が起こり出した。明子と海軍将校とは言い合わせたように話をやめて、庭園の針葉樹を圧している夜空の方へ眼をやった。そこにはちょうど赤と青との花火が、蜘蛛手《くもで》に闇をはじきながら、将《まさ》に消えようとするところであった。明子にはなぜかその花火が、ほとんど悲しい気を起させるほどそれほど美しく思われた。

「私は花火のことを考えていたのです。我々の生《ヴィ》のような花火のことを」
しばらくしてフランスの海軍将校は、優しく明子の顔を見下ろしながら、教えるような調子でこう言った。

二

大正七年の秋であった。当年の明子は鎌倉の別荘へ赴《おもむ》く途中、一面識のある青年の小説家と、偶然汽車の中でいっしょになった。青年はその時編棚《あみだな》の上に、鎌倉の知人へ贈るべき菊の花束を載せておいた。すると当年の明子——今のH老夫人は、菊の花を見るたびに思い出す話があると言って、詳しく彼に鹿鳴館の舞踏会の思い出を話して聞かせた。青年はこの人自身の口からこういう思い出を聞くことに、多大の興味を感ぜずにはいられなかった。

その話が終った時、青年はH老夫人に何気なくこういう質問をした。

「奥様はそのフランスの海軍将校の名をご存知ではございませんか」

するとH老夫人は思いがけない返事をした。

「存じておりますとも。Julien Viaudとおっしゃる方でございました」

「ではLotiだったのでございますね。あの『お菊夫人』を書いたピエル・ロティだったのでございますね」

青年は愉快な興奮を感じた。が、H老夫人は不思議そうに青年の顔を見ながら何度もこうつぶやくばかりであった。

JAPAN
Madame Chrysanthème
BY
PIERRE LOTI
お菊さん

「いえ、ロティとおっしゃる方ではございませんよ。
ジュリアン・ヴィオとおっしゃる方でございますよ」

※本書には、現在の観点から見ると差別用語と取られかねない表現が含まれていますが、原文の歴史性を考慮してそのままとしました。

乙女の本棚シリーズ

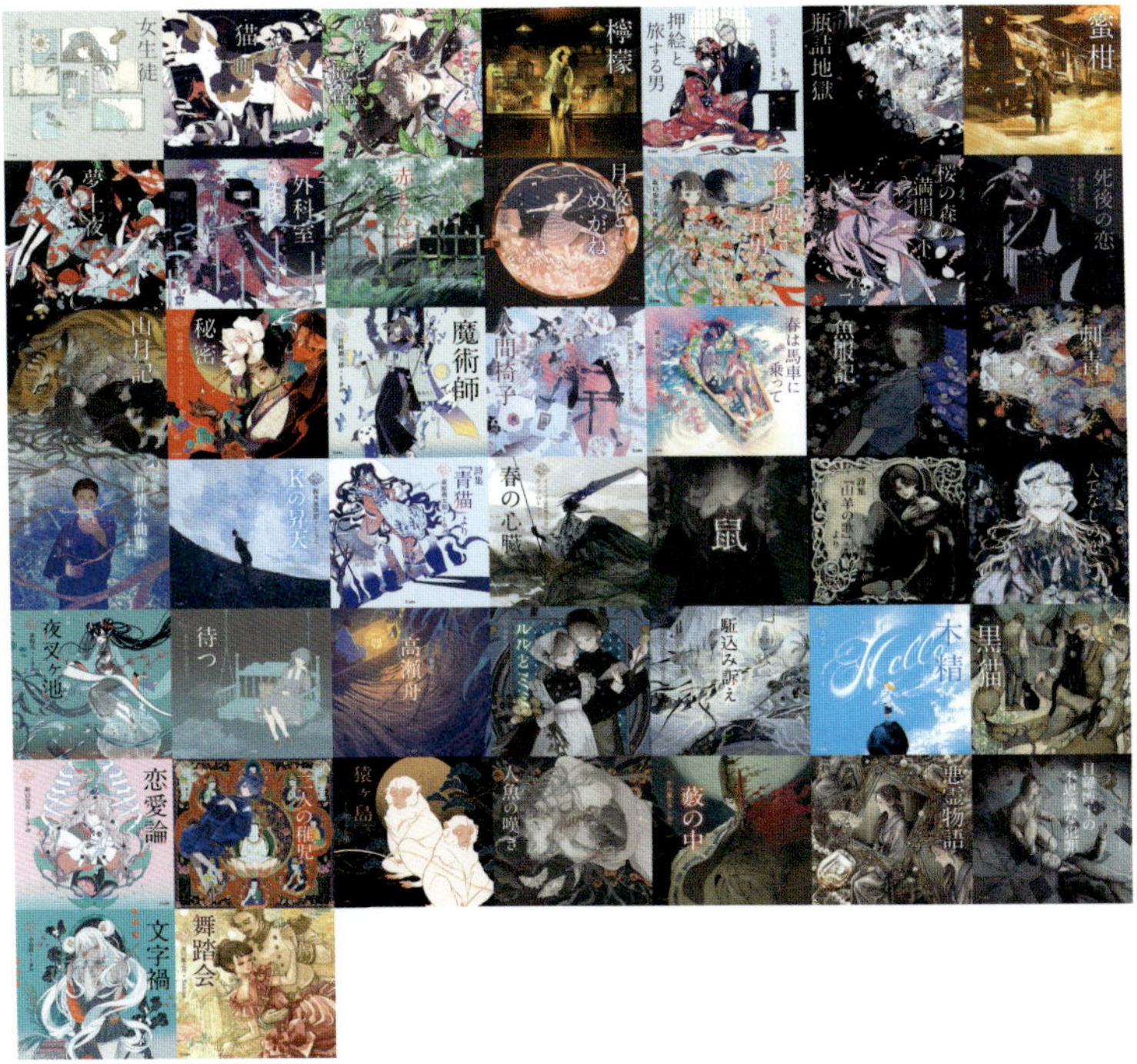

［左上から］

『女生徒』太宰治＋今井キラ／『猫町』萩原朔太郎＋しきみ
『葉桜と魔笛』太宰治＋紗久楽さわ
『檸檬』梶井基次郎＋げみ
『押絵と旅する男』江戸川乱歩＋しきみ
『瓶詰地獄』夢野久作＋ホノジロトヲジ
『蜜柑』芥川龍之介＋げみ／『夢十夜』夏目漱石＋しきみ
『外科室』泉鏡花＋ホノジロトヲジ
『赤とんぼ』新美南吉＋ねこ助
『月夜とめがね』小川未明＋げみ
『夜長姫と耳男』坂口安吾＋夜汽車
『桜の森の満開の下』坂口安吾＋しきみ
『死後の恋』夢野久作＋ホノジロトヲジ
『山月記』中島敦＋ねこ助
『秘密』谷崎潤一郎＋マツオヒロミ
『魔術師』谷崎潤一郎＋しきみ
『人間椅子』江戸川乱歩＋ホノジロトヲジ
『春は馬車に乗って』横光利一＋いとうあつき
『魚服記』太宰治＋ねこ助
『刺青』谷崎潤一郎＋夜汽車
『詩集『抒情小曲集』より』室生犀星＋げみ
『Kの昇天』梶井基次郎＋しらこ
『詩集『青猫』より』萩原朔太郎＋しきみ
『春の心臓』イェイツ（芥川龍之介訳）＋ホノジロトヲジ
『鼠』堀辰雄＋ねこ助
『詩集『山羊の歌』より』中原中也＋まくらくらま
『人でなしの恋』江戸川乱歩＋夜汽車
『夜叉ヶ池』泉鏡花＋しきみ
『待つ』太宰治＋今井キラ／『高瀬舟』森鷗外＋げみ
『ルルとミミ』夢野久作＋ねこ助
『駈込み訴え』太宰治＋ホノジロトヲジ
『木精』森鷗外＋いとうあつき
『黒猫』ポー（斎藤寿葉訳）＋まくらくらま
『恋愛論』坂口安吾＋しきみ
『二人の稚児』谷崎潤一郎＋夜汽車
『猿ヶ島』太宰治＋すり餌
『人魚の嘆き』谷崎潤一郎＋ねこ助
『藪の中』芥川龍之介＋おく
『悪霊物語』江戸川乱歩＋粟木こぼね
『目羅博士の不思議な犯罪』江戸川乱歩＋まくらくらま
『文字禍』中島敦＋しきみ
『舞踏会』芥川龍之介＋Sakizo

［左から］

『悪魔　乙女の本棚作品集』しきみ
『縊死体　乙女の本棚作品集』ホノジロトヲジ

舞踏会

2025年 1月17日　第1版1刷発行

著者　芥川 龍之介
絵　Sakizo

発行人　松本 大輔
編集人　橋本 修一
デザイン　根本 綾子(Karon)
協力　神田 岬
担当編集　切刀 匠

発行：立東舎
発売：株式会社リットーミュージック
〒101-0051 東京都千代田区神田神保町一丁目105番地

印刷・製本：株式会社広済堂ネクスト

【本書の内容に関するお問い合わせ先】
info@rittor-music.co.jp
本書の内容に関するご質問は、Eメールのみでお受けしております。
お送りいただくメールの件名に「舞踏会」と記載してお送りください。
ご質問の内容によりましては、しばらく時間をいただくことがございます。
なお、電話やFAX、郵便でのご質問、本書記載内容の範囲を超えるご質問につきましてはお答えできませんので、
あらかじめご了承ください。

【乱丁・落丁などのお問い合わせ】
service@rittor-music.co.jp

Printed in Japan　ISBN978-4-8456-4178-9
定価はカバーに表示しております。